냄비 받침

당신에게 보여줄 것이
많았습니다

냄비 받침

당신에게 보여줄 것이
많았습니다

뜨거운 마음,
여기 내려놓아도 좋을 당신

미안한 일에 미안한 줄 알고
감사한 일에 감사한 줄 아는
지상의 모든 당신에게 전합니다.

차 례

1부 미워할 누구도 없는

2부 머뭇대다 사라지는

3부 겨울을 버티는 나무의 마음

4부 나는 처음이자 마지막으로

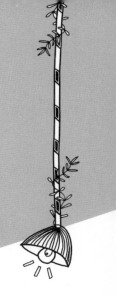

1부

미워할 누구도 없는

유리잔

뜨거운 물이 담긴 유리잔에 금이 가는 소리

당신이 처음 내 심장에 담긴 날이었다

내가 깨질 수 있는 존재라는 걸 눈뜨던 그날

나는 없고 당신만 남았다

섬

먼바다의 불빛, 흔들리는

저 배도

항구에 닿기 전까진 섬이다

내 마음과 같은

첫사랑

파전을 부치다

처마 두드리는 빗방울 소리에

옥상에 널은 빨래를 걷어 오니

검게 그을린 파전의 채 익지 못한, 속

상한 마음

막걸리를 마셔도 달래지지 않는

막걸리에 취해도 달라지지 않는

꼬리

옆집 순이는 배 아파 낳은 자식들을

어디론가 보낸 주인에게도 꼬리를 흔든다

잔뜩 엎드려 좌우 바닥을 치는 그것,

떠난 당신을 생각하며 억지로 올리려다

주저앉아버리는 내 입꼬리

잔뜩 엎드려 바닥을 다지는 삶이여

그곳

반창고를 떼낸 자리에
작은 구멍이 보인다
깊이 들어갈수록 좁아지는 구멍

준우 형은 웃고 있다
목 아래로 아무런 감각이 없다 형은
살이 썩는 줄도 모르고
통증은 창문 밖 버드나무가 말라가는 것을
바라보는 일이다

욕창으로 생긴
구멍 속에 형이 웃음을 심는다
버드나무에 우글대는 개미들처럼

1993년 2차 수능이 끝나던 날
사랑했던 사람의 이층집

불 켜진 방을 보며
"내일이면 볼 수 있구나" 하고 돌아섰다
역주행하는 트럭에 부딪혀
전신마비가 된 지 삼십여 년

형이 말한다
"다시 그날로 온다 해도 난 그곳에 갈 거야"

스물셋

새가 하늘을 마음껏
헤엄칠 수 있는 것은
하늘에 빠져 있기 때문이다

새는 결코
하늘에서 쉬지 않는다
하늘에 미쳐 있기 때문이다

가느다란 나뭇가지 끝에
잠시 머문 새의 심장, 나는
그 새의 심장을 가지고 싶었다

무게

무뎌진 칼날 같은 어둠을 똑똑
분지르며, 감나무는 기지개를 켠다
밤새, 누군가 파먹은 감의 무게만큼
나무는 자라 있다

뼈마디의 아픔이 뿌리 속까지 스몄는지
그림자를 토해내는 감나무에게 침묵은
몸짓이며, 문자며, 말이다

밤새 얼마나 많은 말들을 참았는지
수천의 혀가 오므라져 있다
이파리에 맺힌 이슬, 미처 내뱉지 못한
고백처럼 영원히 매달려 있을 것만 같다

누군가 파먹은 감의 무게만큼
감나무는 가벼워지고 있다

파먹힌 추억의 무게만큼 가뿐한 몸짓

침묵으로 익어가는 감
가벼워진다는 것은 뼈마디 시린 아픔을
겪은 자에게만 가능한 것인지

수천의 혀가 들끓는 소리
감나무 숲을 감싸고 있다

좋아하는 마음

학교로 가는 버스에 앉아 창밖을 보는데
창문에 가득한 서리 탓에
세상이 온통 뿌옇게만 보이네

답답한 마음에 팔꿈치로 쓰윽 지우니
잘도 보이는 거리에
내 마음도 다 밝아지네

두 정거장쯤 달렸을까
어느새 뿌옇게 변한 세상을
한 방에 지우려 팔꿈치를 들었다가

수연이 얼굴이 떠올라
창문에 '수연아 좋아해' 쓰고
씨익 웃다가 누가 볼까

팔꿈치로 쓰윽 지우려다
수연이에게 미안한 마음에
후욱 입김을 불어 이름만 덮어버리네

창밖으로 뿌우연 세상만 보여도
어느새 내 마음은 따스해지는데
버스는 학교를 지나쳐 달리고 있네

미워할 누구도 없는

남의 집 담을 오르다 보름달과 눈이 마주친 도둑이, 담장에 걸터앉아 마당으로 뛰어내리려다, 따가운 시선에 달을 한 번 더 보더니, 무슨 이유에선지 발길을 돌려 집으로 걸어가는데, 그의 뒤를 밟는, 끝까지 따라오는, 누구도 미워한 적 없어서,

미워할 누구도 없는 얼굴

만남포차

시흥에 친한 형 둘이 사는데
그 형 둘이 참 좋아하는 포차가 하나 있다
소주, 맥주, 막걸리를 파는

나는 이모가 편한데, 누나라 불러야 하는 사장님과
개인택시를 하는 형배 형과
드라마 제작 일을 하는 문수 형

넷이 술을 마시다가 포차 이름으로 시를 지어서
벽에 써달라는 누나의 말에
꼴에 글쟁이라고 대충은 못 쓰겠고

쓴 소주만 연신 들이키다가
한 병쯤인가 마셨을 때
형 둘의 발개진 얼굴을 보며 불현듯 떠오른 시

만에 하나 당신이
남루해지더라도
포차 만남은 당신을
차별 없이 맞이하리라

열차의 선

청춘열차의 종착지 춘천역
멈춘 열차의 고요한 직선에서
씨앗처럼 쏟아지는 사람들

두 손 꼭 잡은 노부부
뛰듯이 걷는 어린아이를 부르는 젊은 부부
서로 바라만 봐도 웃음이 터지는 여고생들

씨앗들은 거리마다, 마을마다
소양호와 공지천, 춘천산마다
추억을 꽃피우러 점으로 흩어진다

고향을 찾는 연어처럼
언젠가 돌아올 무수한 점들
열차의 선은 참 선하다

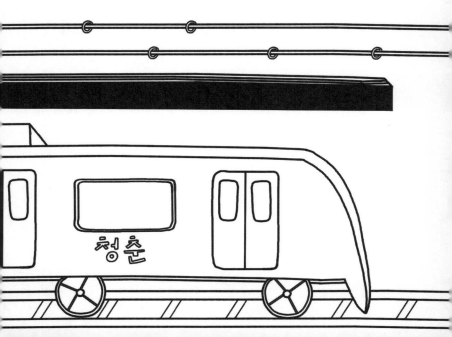

사라오름

비 온 다음이 아름답다는 말에 사라오름을 올랐습니다.
혼자 오르는 길에 조금은 지쳐갈 때 즈음 회색빛의 나비가
왼쪽 어깨에 앉았습니다. 바람이 불면 날개가 흔들려서 나는
잠시 걸음을 멈춰야 했습니다. 오르는 내내 왼손의 움직임을
줄여야 한다는 불편함에 나비를 날려 보내려는데 멀리 오름이
보였습니다. 어느새 오름에 다다르고 어깨 위에 앉은 나비와
사진을 찍으려는 순간 나비는 날갯짓을 하며 내 곁을 맴돌더니
낮은 수풀 속으로 사라졌습니다. 물이 꽉 찬 사라오름을
바라보며 나를 바닥에서 이끈 어떤 날개들을 생각했습니다.

위로

밤하늘을 바라보며 긴 한숨

내쉬는 어머니

오래도록 매달린 걱정 하나가

나, 라는 것을 알면서도 모른 척

구름 뒤에 숨어버리는

나는 한숨을 먹고 자라

당신을 위로하고 싶은지도 모르네

2부

머뭇대다
사라지는

겨울 쪽방촌

너무 추웠을까
문하나방한칸집한채들이
서로 꼭 붙어 있다

그 겨울 동자동 쪽방촌에서 라면을 나눠줄 때
할머니는 라면 꾸러미를 하나 더 챙겨서
옆집 일당직을 하는
비어 있는 옆집 김씨 방문을 연다

가난은 그렇게 다른 가난에게
말없이 서로의 거리를 내어주고 있다

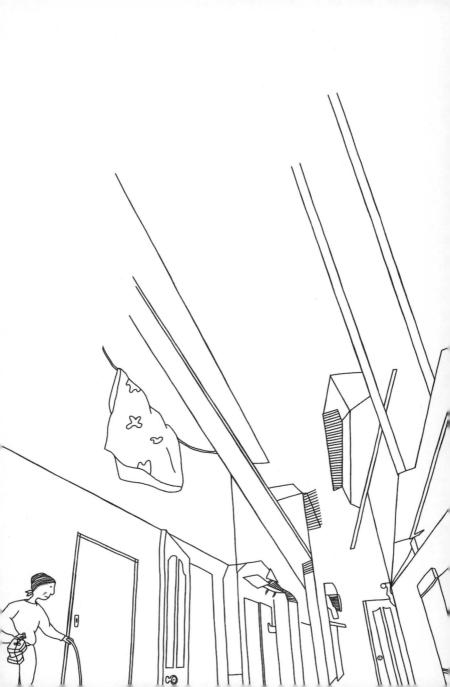

투명인간

눈사람이 옷을 벗자

몸이 사라져버렸습니다

애월

애월 바닷가의 돌멩이를 만지면
그을음이 묻어나올 것만 같았다

검게 그을린 심장들이
수평선 쪽을 바라보고 있었다

오늘의 태양이
내일의 바다로 저물고 있었다

그을음, 그을음, 그을음
입 속을 자꾸 맴도는 말

붉은 하늘 가득
그리움이 번지고 있었다

선인장

한때 선인장은
바다를 그리다

바늘 끝에 잔뜩 서러움만을 메어두었네
끝이 보이지 않는 모래 언덕

모래를 뒤엎는 바람들
선인장은 홀로 태양 아래 서 있네

출렁이는 바다를 품은 채
홀로 바다가 되어가네

not alone here

손님이 보일러를 끄지 않고 떠나간 방은
피곤한 몸을 잠시 뉘고 싶을 만큼의
온기를 간직했더군요

나의 생이 끝나기 전에
그녀가 저 방에 다시 온다면

나의 에너지가 소멸을 맞이하더라도
잠시 그녀의 피곤한 몸이 쉴 수 있다면

누군가의 체온이 남은
그 방의 보일러 전원을 끄는 순간

나는 빈방에 홀로 켜진 보일러를
지구 반대편에서 걱정하는
주인장에게 메시지를 보냈습니다

그녀가 제주를 떠나고 나서
두 달 만에 찾은 이곳은

'여기서 혼자가 아니야'가 아니라
'여기 혼자 없다'였는지도 모르겠습니다

꽃무늬 벽지

지붕 위로 빗방울 떨어지는 소리
꽃무늬 벽지를 덮어쓴 천장에서
외줄을 타는 한 마리 거미

병마를 견디지 못한 어느 가장
삼십 년 넘게 일한 고물상에서
외줄에 목을 매고 자살했다

거미의 집은 하나의 줄로 시작될 것이다
하나로 사라질지도 모를 일이다

빗방울 떨어지는 소리가 굵어진다
변성기 소년처럼 계절은 변할 것이다

병마를 견디지 못한
어느 가장의 죽음이란 짧은 신문 기사

꽃무늬 벽지
극락의 향기라도 맡은 것일까
무중력 속으로 사라지는 거미

아직 거미줄은 가늘게 떨리며
천장을 떠받치고 있다

이미지

닫힌 대문 앞을 서성이다
불현듯 당신을 떠올린다

당신이 열어주지 않으면
들어갈 수 없는 문

호주머니에는 열쇠가 없다
녹슨 자물쇠를 닫힌 마음처럼 간직한

저 문은 당신이 열어주지 않으면
들어갈 수 없는 문

오래도록 문 앞을 서성이다
밤하늘을 바라본다

하늘의 빛나는 별

그 앞을 서성였을 수많은 새

그들은 어디로 갔을까

내가 잠그고 간 집 안에
오래도록 갇혀 있는 너

문득 하늘을 가르며
날아가는 새 한 마리

주저하지 않고
어둠 속으로 사라진다

시집

주의사항

직사광선을 피하여 서늘한 곳에 보관하시고

개봉 후에는 가급적 천천히 오래도록 드세요

비둘기

한여름 정오의 전봇대
짧은 그림자에 놓인
김이 모락모락 나는 된장찌개
부리로 건더기를 건져 먹는 비둘기는
발을 헛디디고서야 날개를 퍼덕입니다
잃어버린 균형을 잡기 위해
날갯짓을 하는 비둘기에게
하늘은 허기에 지나지 않습니다

유채

당신에게 보여주고 싶은 것들이 참 많았습니다. 당신을 기다렸다는 듯이 피어 있는 노란 꽃들이 바람에 흔들리고 당신의 얼굴에 피어나는 웃음을 보며 문득 내가 가장 보여주고 싶었던 것은 나의 겨울이었는지도 모른다고 생각했습니다.

그 섬의 밤

이별을 감당해야 섬이 될 수 있다

그리움에 하루에도 수천 번 몸 뒤집는

파도를 감당해야 당신이라는 달이 뜬다

새벽 네 시

빈 소주병이 쌓이다 가로로 눕는다
정원이 형은 왜 주눅 드냐며
그녀를 사랑하면
사랑한다 이야길하란다

멀리 콜롬비아에 유학 간 동생 학비 대느라
스틱 잡던 손에 긴 칼 잡고
부산대 앞 포장마차에서 해 뜰 때까지
요리했던 형

서울에서 부산까지
형 만나러 온 여자와 헤어지고
삼십오 년

환갑이 넘어서도 가끔
그 사람이 생각난다는

요즘 울 일이 통 없다는 형은
어제도 그녀 생각에 울었다

새벽 네 시를 오후 네 시로 사는
왕년의 드러머는
눈물 자국 따라 난 긴 주름 같은
경부선 그 길을 따라
매일 서울을 오른다

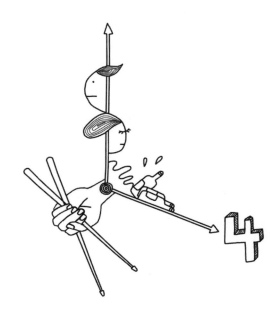

사라지는 사람

형의 발인 날
성산일출봉이 보이는 광치기해변
빈소에서 형수님에게 받아 온
가방 속 시든 국화
바다에 띄우려는데
형을 그렇게 보내려는데
바다가 먼저 파도를 일으켜
생생한 국화밭을 보여주네
저 하얀 포말, 생생한 꽃잎들 밀려왔다 사라지는
사라졌다 떠오르는 언제나
머뭇대다 사라지는 생이여, 사람이여

서른

너의 빈자리를 팠다.
파도, 파도 끝이 없이 들어가는
빈자리, 그곳에 꽃 한 송이 심으니
서른이었다

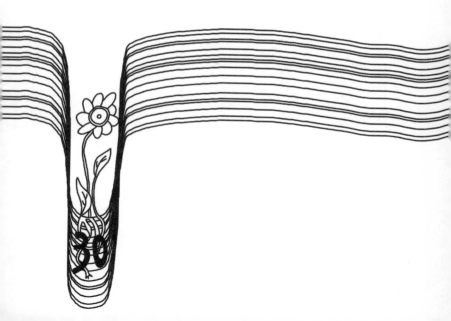

별자리

새해 첫날 술을 한 잔만 마셔도 얼굴이
빨개지는 친구가 소주병 뚜껑으로 별을 만들었다

야 시발 너 손재주 있네
미대 갔어야 할 놈이 왜 화물차 끄냐

야 손재주가 있어서 그런 게 아니라
졸라 많이 만들어서 그래
처음엔 맨날 부러뜨려 먹고 그랬어

술자리가 끝나도 늘 그 자리에 남은
무리 중에 술을 가장 못 마시는 친구가
만든 수많은 별들

3부

겨울을 버티는
나무의 마음

삶

그대의 눈이 무엇을 보고 반짝이는지에 따라

그대의 삶이 달라진다고 생각합니다

해운대 카페

해운대 해안 산책로 초입에
그 흔한 포장도 없는
작은 수레에서 어느 한 노인이
커피, 대추, 생강차 등을 팔고 있었다
인스턴트커피는 오백 원
낱개 포장된 대추차와 생강차는 천 원이었다
십 년은 넘었을 커피포트에선
미지근한 물이 담겨 있었고
삼십 년은 지났을
그래서 제 속이 다 들여다보이는 오디오에선
희망에 찬 노래가 울렸으나
그저 파도 소리에 묻힐 뿐이었다
나는 그곳에서 대추차 한 잔을 사서 마셨다
걷는 나를 뒤쫓는
수레에 적힌 글귀
배고프면 노력하고
배부르면 봉사하자

에곤 쉴레

– 이중 자화상

단 한 번도 불화의 고개를 뻣뻣이 들고
상대를 바라본 적이 없을 것만 같은
순박한 눈빛의 남자가 비스듬하게 누워
안개 가득한 서해의 수평선을 바라보듯
멍한 눈으로 너를 곁눈질로 바라볼 때
너무 투명해서 망연자실하기까지 한
그의 표정에 너는 터져 나오는 웃음을 참으며
그를 노려보고 있을지도 모른다

시뻘건 핏발이 너의 눈 속에 단풍나무 가득한
고요한 길을 내고 있다는 것도 모른 채
수줍음이 많아
눈을 마주치지 못하는 소심한 얼굴로
그 길로 걸어들어오는 누군가를
한 마리 표범처럼
풀을 뜯는 사슴의 목덜미를 잘 갈아놓은 어금니로

물어버릴지도 모른다

너는 너무 투명한 얼굴을 하고 있다
배부른 맹수의 잠든 얼굴은 늘 투명했으므로

아직 너는 너를 모른다
배고픈 맹수는 제 혀를 뜯어먹을지도

너는 아직 너를 모른다
혀끝에 맴도는 식지 않은 피를 음미하려고

꿈속에서조차 끝내 입을 벌리지 않을
그 불편한 진실조차도

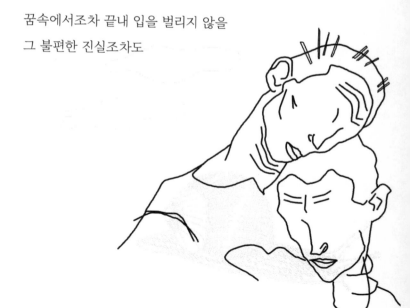

뭇국

뭇국을 끓인다며 무를 자르는 엄마

갑자기 무가 영 안 좋다고 투덜댄다

겉만 보고 사서 그렇죠

그럼 무 속을 어떻게 알고 사냐며

엄마는 텅 빈 무만 탓한다

무 장사하는 사람이 그런 걸 어떻게 다 알고 파냐고 하자

하긴 무 장사하는 사람은 알겠나 그 속,

그럼 농사짓는 사람은 어떻게 알겠나

하느님은 사람을 만들면서 속을 아셨을까,

아니 모르는 게 약이다 하셨을지도 몰라

발자국

굽은 나무들 사이로

얼어붙은 발자국이 산비탈을 오른다.

길을 오른 사람은 오래전에 잊어버렸을

발자국, 나는 발에 딱딱하게 채는 자국을

쉽게 상처라고 부른다.

상처라고 부르는, 나는 순간

누군가로부터 쉽게,

그렇게 다른 누군가의 발길에

오후 세 시

오후 세 시, 식당에서
밥을 먹는 사람들은 혼자가 많다
서로 최대한 눈을 마주치지 않고
아침 출근길에 들었던 뉴스를
함께 티브이로 보고 있다
문을 열고 누군가 들어와도
애써 시선을 모으고 있다

꽃샘추위

한때 당신을 흔들었던 바람에도
더 이상 흔들리지 않을 때

첫눈을 보면서 간신히 막차에 올라타면서도
더 이상 당신이 웃지 않을 때

아버지가 돌아가셨다는 고향 친구의 소식에도
복잡해지는 머리가 당신의 다리를 붙들 때

당신을 흔들었던 바람들이 꽃들의 모가지를 꺾어
바닥이 온통 시간들의 묘지가 되어 갈 때

냄비 받침

어둠 속에서 야옹, 야옹 소리가 들리더니 노란 고양이 한 마리가 불쑥 내 앞에 나타났습니다. 차가운 바닥에 앉아 날 바라보는 그의 눈빛에 호주머니를 뒤졌지만 먹을 것이 없었습니다. 미안해 녀석아, 애써 외면하며 집에 돌아와 라면을 끓여 늦은 허기를 달래려다 냄비를 받칠 만한 걸 찾았습니다. 방 안 책장과 여기저기 널브러진 책들 중 냄비를 받칠 만한 걸 찾았지만 어떤 이유에서든 책으로 라면 냄비를 받치기에는 미안했습니다. 결국 철 지난 벼룩시장을 찾아서 냄비를 받치며 약간 불은 라면을 먹는 밤에 문득 냄비 받침은 냄비의 온기를 기억하는지도 모른다는 생각을 했습니다. 당신이 오롯이 당신을 내려놓을 수 있다면 나는 냄비 받침이 되어도 괜찮겠다고 일기장에 내 마음을 꾹꾹 눌러썼습니다. 일기장을 덮으며 나는 꽃의 온기로 겨울을 버티는 나무의 마음을 알 것도 같았습니다. 솔직히 나의 일기장이 허기진 당신의 밤에 냄비 받침으로 쓰여도 참 좋을 것 같았습니다.

봄눈

충무로역 골목길 포장마차에서

오뎅을 안주 삼아 소주를 마신다

분윳값이 비싸다며 걱정하는 친구는

붉은 눈으로 분유 같은 봄눈을 본다

눈은 바닥으로 하염없이 내리다가

친구의 술잔에서 쉽게 녹는다

절벽

절벽 끝에 이르러서야 생각나는 날개처럼

나는 거리를 걷다 종종 멈춰서 당신을 생각합니다

칠월의 아카시아

음성 법화림

며칠 전

우박이 무릎까지 쌓였었다는 덕현 스님은

오월에 피고 졌던 아카시아가

다시 피기 시작한다며 아카시아를 가리키는데

바람이 불고 아카시아 향이 날렸습니다

회춘한 아카시아

내 마음, 저런 향을 전할 수 있다면

칠월의 우박 한 번 시원하게 맞아도 좋겠습니다

짠한 돈

눈먼 돈이란 말 참 슬프지 않니
돈에는 눈이 없단 말
그래서 그 녀석은 늘 호주머닐 잘못 찾아가
더 찰 곳 없는 부자의 좁은 지갑엔 비집고 들어가고
가난한 자의 넓은 지갑엔 들어가질 않지

돈은 돌고 돈다는 말 참 그렇지 않니
돈은 돌고 돌다 정말 돌아서
늘 가난한 자의 빈 호주머닐 외면하고
살 오른 꽉 찬 호주머니를 꾸역꾸역
비집고 들어가려고 스스로 얇아진
돈이란 놈

이젠 돈이 죄지 사람이 죄냐는
세상의 모든 죄를 뒤집어쓴
돈이란 놈 참 짠하다

감사합니다

동교동에서 집으로 오는 길에 자전거 뒷바퀴에 바람이
빠져 버렸네. 투덜거리는 발걸음으로 자전거를 끌고 자전거
방으로 가는 길에 허리가 잔뜩 굽은 할머니가 박스를 가득
실은 리어카를 끌고 지나가네. 골목을 지나쳐서 바퀴 구멍
을 때우고 돌아오는데 할머니 전봇대 옆에 쌓인 박스를
리어카에 싣고 있네. 머뭇대다 국밥이라도 한 그릇 사
드시라고 호주머니에서 지갑을 꺼내어 만 원을 드리자
할머니는 감사합니다. 감사합니다. 이미 굽은 허리를 더
숙이시는데 할머니는 폐지에게도 리어카에게도 전봇대에
게도 동네를 어슬렁대는 고양이에게도 감사한 듯 허리를
숙이시며 다니시네. 나도 모르게 할머니에게 감사합니다,
감사합니다 입으로만 말하고 숙이지 못한 뻣뻣한 목으로
자전거에 올라타네. 지나가는 사람이나 고양이 쥐들에게
까지 늘 감사합니다 고개 숙이는 가로등이 집으로 가는 길
내내 '에라이 바보야' 하며 내 자전거 뒤를 따라오네.

과속방지턱

속력을 잊은 채 달리는 트럭을 향해
아이는 전속력으로 달렸다

마지막 순간에 급브레이크를 밟아
차가 멈췄지만 전속력으로 내달리는
생은 막을 수 없었다

아이가 떠난 자리
매끈한 길의 흉터 같은 과속방지턱이 생겼다

그곳을 지날 때 사람들은 브레이크를 밟으며
제 속력을 돌이켜보곤 한다

전속력으로 달릴 때 보다 떨리는 몸을 느끼며
핸들을 잡은 손에 힘을 주곤 한다

꿈결처럼 내달리던 밤이
낮달 하나
걸어두고 사라져버린 출근 시간

흉터 속에 묻힌 상처를 넘으며
제 속력을 찾아 떠나는 사람들

하지만 시간을 앞지르는 속력은
종종 영원의 시간을 찾아 떠나고

길은 흉터를 늘려가며
상처를 기억하는 것이다

악수

손바닥 뒤집듯 마음을 바꾸는

사람들을 보면 참 무섭다는 생각이 들면서도

진화의 척도는 태세 전환의 속도인가 싶기도 해요

가끔 그런 사람들과 악수를 하고 나면

나는 멍하니 손바닥을 한참 들여다봐요

책

당신이 선물해준 책을 펼쳐두고 잠이 들었습니다

당신이 멀리 가버린 까닭을 이제야 알 것도 같았습니다

나는 당신을 읽기에는 한참 모자란 사람이었습니다

4부

나는 처음이자
마지막으로

겨울나무

헐벗었다고
안타깝다고
쓸쓸해 보인다고

무수한 생의 갈림길에서 손모가지를 걸어보지 않았다면
그 앞에서 입도 벙긋하지 말 것,

나뒹구는 무수한 손들
몇 개 정도는 남겨둬도 되지 않았냐고
미련하게 몽땅 걸었냐고

무수한 생의 갈림길에서 손모가지를 걸어보지
못했다면 그에 대해 글도 쓰지 말 것,

헐벗었고
안타깝고

쓸쓸해 보이는
그를 꼬옥 안으며 나는 너에게로 간다

너와 헤어졌던 그날
무수한 갈림길들이 눈부시게 펼쳐지고
나는 처음이자 마지막으로
손모가지를 걸고 있었다

하우스푸어

달팽이 한 마리가
아스팔트 위를 천천히 걷고 있다

집을 짊어지는 걸음은
한없이 느리다

몸이 무거운지
바람이 부는지

멀리서 자동차 한 대가
빠르게 달려오는데

아스팔트 위
작은 집

긴 장마의 끝
먼 길 재촉하는
조각난 구름들

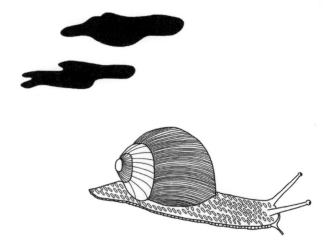

맷집

인생에서 한 방을 날리려면

수천 방을 맞아도 견뎌낼 맷집이 필요하다

맷집이 없다면 인생은 금방이다

그래 저 하늘의 별들도 긴 어둠을 견딘 맷집으로

여태껏

빛나는지도 모르겠다

예

티비에 나온 유명 식당에서 밥을 먹다가 김치가 부족해

벨을 눌렀는데 식당 이모들이 합창하듯 큰 소리로

"예"라고 했다 김치보다 먼저

빈 그릇에 담긴 "예"라는 말

우도

먼바다에 한 점 불빛이 보여

새벽까지 방의 불을 끌 수 없었습니다

호주머니 속 깊은 강을 따라

민들레*가 소멸되는 시간
빈 호주머니 속으로 들어오는
강바람을 만지작거리고 서 있다

더 이상 걸으면 되돌아가지 못하고
주저앉아 버릴 것만 같아, 돌아서는
발걸음

문득 낯선 길이 펼쳐져 있다

* 민들레 - 2004년 제7호 태풍

호주머니 속 깊은 강을 따라
펼쳐진 길, 어둠의 눈 같은
호주머니 속으로 부풀어, 부풀어
넘치지 않을 깊이로의 소멸

낯선 길을 가는 강은 돌아서지 않는다

그릇

뒤뚱거리던 아이가

유리컵에 담긴 물을

방바닥에 엎질렀습니다

놀란 아이가

내 눈치를 살피는 동안

엎지른 물은

방을 거대한 그릇으로 만들었습니다

오래전부터

아무렇지 않은 방에

아이와 나는 담겨 있었습니다

성휘

"선생님 사랑해요"
"선생님도 성휘 사랑해요"

스무 살 유난히 눈이 맑은 아이
사랑한다는 말을 하기도 좋아하고
듣기도 좋아하는 아이

어제는 성휘에게 물었다
"성휘야, 꿈이 뭐니?"
"콩나물국밥이요"
"아니 그런 거 말고 성휘가 앞으로 하고 싶은 게 뭐니?"
"미역국이요"

사랑이 많은 성휘는 매일,
매시간 새로운 꿈이 생기고
"하하하" 웃는 나
"하하하" 웃는 성휘

가봐야 어딜 가겠노

서귀포올레시장 워터앤스톤 앞
애플민트 화분에는 방아깨비가 산다
동남아의 우기 같았던 장마가 지나고
무더위가 시작되던 날
낮술을 마신 나는 손가락으로 방아깨비를 가리키며
"비가 그렇게 왔는데 아직 여기 있네요"
형님은 "가봐야 어딜 가겠노"라며 입꼬리를 올렸다
비가 오든 바람이 불든 태풍이 오든 애플민트 잎에
다른 잎처럼 붙어있는 방아깨비
형님은 매일 사무실에 올 때마다 화분을 보며
그가 있나, 없나를 확인한다고 했다
당신의 카카오톡 프로필 사진을 매일 확인하는 내 마음에
당신은 늘 꼭 붙어서 속삭인다
가봐야 어딜 가겠노

굳은살

일상이 되어 버린 코로나
마스크 줄에 쓸린 귀 뒤가 따끔거려
만져보니 피가 묻어났다

혜화역 3번 출구, 당신과 자주 만나던
그곳에 서서 오지 않을 당신을 기다렸다

기다림에 쓸려, 이따금 따끔거리다
피를 닦은 자리에는 굳은살이 생겼다

오래 기다려 본 눈동자에도 굳은살이 생겼을까
마스크를 끼고 출구를 나오는 사람들은
가까이 오기 전까지 모두 당신 같았다

태풍

"이름있신 바람이 분다"
우도 성운 형 어머님의 말에
나는 그게 뭐냐고 물어보니
태풍을 이름있신,
이름 붙은 바람이란다

남편을 일찍 보내고 하나뿐인
아들마저 가슴에 묻은 어머님의
이름있신 바람이라는 말이
입에 붙은 바람이 되어가는 시간

어디서 오는지는 알아도
어디로 가는지는 모르는
당신이라는 바람이 분다

요리사의 다짐

음식은 간을 봐도

사람은 절대 간을 보지 않습니다

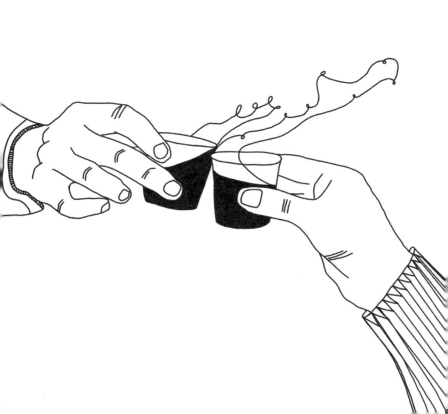

건배

당신, 나라는 악조건을 만났군요
당신의 도전 정신에 난 늘 감사해요
좋은 사람이 좋아하는 사람이 될 때까지
그 지독히 긴 시간을 온몸으로 견딘
당신이라는 찬란함에 건배를!

선을 지우면

당신이 그어놓은 선을 하루쯤 지워보는 건 어떨까요? 선이
지워진 자리에 길 잃은 바람이 가져온 씨앗이 꽃을 피울지도
모르니까요. 그 꽃을 보며 나는 시를 쓸게요. 詩가 되려다
만 時라도 괜찮을 것 같아요. 그 時들을 모아 작은 책을
만들면 책장을 넘기는 당신의 작은 손에 향기가 묻어날지도
모르니까요. 그 향기에 나비들이 날아들고 새들이 노래하며
모여들어 당신의 눈과 귀를 즐겁게 해준다면 이보다 아름
다운 일이 또 있을까요?

냄비 받침

당신에게 보여줄 것이
많았습니다

펴낸날 2021년 2월 8일

시 채수호
그림 강미승
펴낸이 주계수 | **편집책임** 이슬기 | **꾸민이** 이슬기

펴낸곳 밥북 | **출판등록** 제 2014-000085 호
주소 서울시 마포구 양화로 59 화승리버스텔 303호
전화 02-6925-0370 | **팩스** 02-6925-0380
홈페이지 www.bobbook.co.kr | **이메일** bobbook@hanmail.net

© 채수호, 2021.
ISBN 979-11-5858-746-8 (03810)